문학과지성 시인선 387

가을 파로호

김영남 시집

문학과지성사

문학과지성사에서 펴낸 김영남의 시집

푸른 밤의 여로(2006)

문학과지성 시인선 387

가을 파로호

펴 낸 날　2011년 2월 28일

지 은 이　김영남
펴 낸 이　홍정선 김수영
펴 낸 곳　㈜**문학과지성사**

등록번호　제10-918호(1993. 12. 16)
주　　소　121-840 서울 마포구 서교동 395-2
전　　화　02)338-7224
팩　　스　02)323-4180(편집)　02)338-7221(영업)
전자우편　moonji@moonji.com
홈페이지　www.moonji.com

ⓒ 김영남, 2011. Printed in Seoul, Korea

ISBN 978-89-320-2189-8

* 지은이는 2010년 한국문화예술위원회가 지원한 창작지원금을 수혜했습니다.

문학과지성 시인선 387

가을 파로호

김영남

2011

시인의 말

그간 나의 시는
시 이전의 비유였고
비유 이전의 기교와 별반 다르지 않았으리라
그렇다 이번 글도
메타포에 대한 대책 없는 절망이고 패배이리라

2011년
김영남

가을 파로호

차례

시인의 말

앵두가 뒹굴면

잎 뒤 숨어 있는 사연들

일러바칠 곳 없는 동네

우물가 집 뒤란의 누나 방에

굴러다니는 피임약이여, 그걸

영양제로 주워 먹고 건강한 오늘날이여

초콜릿

초콜릿은 꼬리가 많다

그리하여 난해하다

초콜릿은 서로라는 호흡이다

초콜릿은 안절부절못할 때 초인종을 누른다

초콜릿은 어떤 상황에서 발이 빠르다

초콜릿은 무언가와 연루되어 있다

그녀가 혼수상태다

수련

언어들이 언어들에게
고개 숙이는
정중함이다

그 정중함 무엇이 훔쳐 간다

제발 좀 조용히
하는 간청의
옛날과
오랜
조응이다
이내
히죽히죽 웃어본다

무엇이 웃음을 여러 겹 포개놓는다

목련

저 배, 내 앞
닻을 내린 저 흰 배
나는 싣지 않고 떠나가겠지요

바다이고
만조의 바다인데
나에게는 썰렁한 바닥과 철조망뿐

배 들고 있는 것
왜 나는 몰랐을까
물때를 또 어디에 두고 있었을까
눈 감아 모두 뱃놀인데

꿈에 흐를 듯 저 배
그대 공주 싣고 북쪽 항구로 떠나가겠지요
자주색, 뉘 어릴 적 꿈도 망가뜨려놓고 가겠지요

동자꽃

배고파 기다리는 것이나
그리워서 기다리는 것이나
모두 빈 항아리이겠지요

그런 항아리로
마을 내려다보이는 바위에 올라앉아보는구려

바위 위에는 노을이라도 머물러야 빈 곳이 넘칠 수
있나니
나도 바위 곁에 홍안의 아이나 데리고 앉아 있으면
내 그리움도 채워질 수 있을까요

목탁 소리 목탁 소리 목탁 소리
어디선가 빈 곳을 깨웠다 재웠다 하는
무덤 토닥이며 그윽해지는 소리

나팔꽃

너는 이 꽃 속에 있지만 나는 있지 않다
너는 네 밖의 사람들을 위해 목을 매달았지만
나는 매달 수 없다 아니다 나는 달 수 있지만
네가 매단 적 없다
이런 질문을 앞에 두었다가 뒤에 두었다가
어느 감옥에 이른다 감옥 창문을 넘어다본다
그러다가 불행한 화공의 이야기 속에 시든다

누가
그 화공의 붓을 들고 지금
인류 밖으로 나가고 있다

능소화

오해로 돌아선 이

그예 그리움으로

담을 타는 여인

아래 벗겨진 신발

모두 매미 소리에 잠들어 있구려

내 아직 늦지 않았니?

할미꽃

·

봄 잔디가 생각났으리라, 고양이 한 마리
할머니도 그리워하다가
고운 입술 내려놓고 저렇게 졸고 있으리라

미워하면 안 되느니라
해코지하느니라, 하는 말씀
흰 수염들은 아직까지 기억하고 있으리라

깰까, 놀랄까, 야옹 하며 발톱 치켜들까
살금살금 다가가 입술 살며시 포개보는데
좋은 듯 싫은 듯 움찔움찔하여라

새끼 두 마리 중 한 마리는 마을에 분양하고 또 한
마리는 산 너머에 분양했는데, 마을 고양이 어미 몰라
보고 앙칼지게 대들어 집 나가 돌아오지 않고 있는데,
그 어미 고양이 아닌가 싶어라

바람 부니 고개 떨구고 흐느끼는 듯싶어라

노루귀도 분홍 눈으로 바라보고 있고, 어머니 어머
니 부르는 소리 어디선가 희미하게 들려오고 있고

코스모스

누가 오는가 보게

지나가는 버스에선 또 누가 내렸나
양복을 입었는지 키는 호리호리한지
들국화도 보태어볼 만한지

길 한 켠 따라 걷고 있고
그 너머가 고추밭인가 무밭인가

새 떼, 참새 떼가 참 시끄럽게 나는군
그예 당신의 한구석이 쓰러졌는가
사라졌는가

아, 하늘 한번 쳐다보게
무엇 빚어놓고
하나님은 또 저렇게 맑은 미소일까

그 손 찾아보게
찾아 흔들어보게

성에꽃

바람이 차고 푸르다

창밖에선 삐거덕삐거덕거리는 소리

청둥오리들 감나무 사이 무더기로 날 때

오리들은 누구의 집에 들러

대문 저리 슬프게 열며 지나가는 걸까

내가 열리면 난 무엇으로 영접할까

이럴 때 난 옛 툇마루에 나앉아

앵강만으로 떠난 서포, 그 돌아오지 않은

흰 옷자락을 생각한다

서글픈 이야기 하나 문질러본다

나로도 호박꽃

아침 도착하자 분주히 하역 작업하고 있는 이들

안테나 뽑고 어디론가 통신하는 자들

크고 작은 지게차들 연이어 가고

갈색 수송기 한 대가 이륙한다

흰색 줄무늬 헬리콥터 몇 대도 띄우고

간밤 행성에서 싣고 온 화물들 하역하느라

벌, 개미 들 노동이 여기 나로도 항구보다 더 분주
하다

이 아저씨들 하역 다 끝나면 나는

으슥한 골목으로 들어가 쪼그라든 콘돔을 앞에 두고

저건 점박이, 이건 꼽새 아저씨 것 하고 한번 우겨
보리라

튤립

아이들이 울고 있다

난 그 아이들을 달랜다
빨갛게 울고 있는 것들을
아니 노랗게 우는 것들을
그러나 내 노력 효험 없어
꽃밭 더 시끄러워지고

자전거 세우고 소녀 한 명이 내린다
여기저기 기웃기웃하더니
튤립 한 송이 꺾는다
아이들 울음이 뚝 그친다

그러고 보면 이 세상 애증은
저 꽃밭에서부터 출발한 것이고
내 사춘긴 그 소녀 자전거에서 내린 것

소녀가 다시 자전거에 오른다
아이들도 다시 울기 시작한다

라일락꽃 필 무렵

찬란한 목청이네 키츠는

주변에선 상쾌하네 키츠의 시

담 등지고 있어 뒤돌아보니 어지럽네

영문학 강의실 모퉁이 돌아

내용이 보라색이고 느낌도 빠르네

다가가면 순식간에 외면해버려

물방울 치마가 어른거리고

멀리 요트 한 대도 뒤집히네

오늘 나는 키츠와 함께 목적 없이 방향 없이 부서지네

그렇게 부서지는 인생에 너도 있었으면

찔레꽃 향기

이것은 포옹에 관한 리뷰

쌀쌀한 풍경 화사하게 바꾸어놓고

앞에서 뒤로, 뒤에서 앞으로

가슴과 가슴, 뺨과 뺨 맞대고

썰렁한 옆구리 어루만져주는

네 눈 감아야 할 이유이고 사연

그때 그 포옹이기까지

난 열차 타고 따뜻한 남쪽을 더 가야 할 것이고

　누군 동생 찾아 산골짜기 헤매고 개울을 더 건너야
할 것이다

음악인지 신음인지 모를 이 여운

궁핍한 시절 돌담 위의 명상

리스본 항으로의 산책이다

덩굴장미가 피어 있는 골목

장미는 욕심이 많다. 내 눈 잡아당기고 손 잡아당기다가 모두 빼앗아 가버린다. 먼 하늘도 헐어 가 돌려주지 않는다. 그런 곳에선 직박구리도 '그래선 안되지 안 되지' 하며 쉴 새 없이 화살을 쏘며 나온다. 조그마한 게 어디에다 그 많은 것 숨겨둘까. 욕심이란 형체 숨기고 의도만 드러낸 가시, 나는 그 앞에 잠시 거대한 깡통으로 앉는다.

장미는 가르친다 윤리 선생처럼. 상징에 깃봉 세우고 나의 깡통을 두드리며 가르친다. 깡통이 갑자기 달아올라 난폭해지고 거기에서 나온 사람들도 골목을 배회한다. 한 무리는 늦은 밤 경찰서로 붙들려가고 또 한 무리는 해장국을 다음 날 아침까지 먹는다. 그들은 정원을 가지고 있었지만 허술한 울타리 때문에 꽃들이 모두 도망간 사람들, 나도 해바라기 도망간 언덕이라 여기며 고개 끄덕인다.

나는 흰 장미의 목을 처형한다 붉은 장미를 반역했

다는 이유로. 홀리는 하얀 피를 들이키다가 이 목을
어디에다 매달까, 아니면 돌아가 그 철조망에 돌려줄
까 하고 고민한다. 반환은 붉은 장미의 굴욕이라며
붉은 벽돌들도 하숙집 아줌마들을 대동하고 펄럭인
다. 돌아보니 랭커스터 가 군대가 스크럼 짜고 길목
여기저기에 진군해 있다. 벌써 높은 성곽도 기어오르
고 있다. 함락의 모습이 이렇게 가까이 있었다는 게
갑자기 불안해진다.

  저런 처절한 왕권 다툼은 어느 편에 서기 힘든 것,
나는 요크 가를 이해하며 우리 공화국을 생각한다.
그러다가 양 왕가(王家)를 사랑하기로 한다. 평화로
운 왕가 골목으로 야채 판매 트럭이 마차처럼 지나간
다. 나는 꺾인 길을 세탁소 훨씬 지나서까지 펴며 불
안을 행복으로 바꾼다.

연꽃 꽃밭 대표이사에 취임하다

바퀴 공장 주인이 없어
바퀴 공장장 동생을 만난다
외면하며 모나게 가던 것들도 돌아와
여기에선 모두 바퀴 공장장 동생이 되고
너의 동생도 눈물 글썽이고 있고나
물뱀이 지나간다, 바퀴들을 굴리며
낯선 바퀴 하나가 어느 세상으로 굴러가
낡은 바퀴들이 얼마나 쌓여 있나도 살피다 간다
바퀴 공장장이 없어 난 바퀴 공장장 아내를 만난다
중심 사상이 회오리 같은 바퀴 공장장의 아내
그 아내가 예쁘다. 여러 겹 향기의 속옷
볼륨도 높다. 그런 볼륨에 곤혹스러워하며
나는 은근히 다이얼을 돌린다
그래 저 바퀴들도 한번 뜻대로 굴러가게 해보자
잠시 스피드 줄여 기어도 중립에 놓아보자
환해지고 우아해지고 깊어질 것이다
오래 바퀴 공장 대표이사가 없어
대표이사를 내가 하기로 한다

뉘 벌써 타이어 쌓고 수출 상담하는 소리
복잡계 명예퇴직한 너도 나와 함께해야겠다

가을 파로호

저 호수, 호주머니가 없다
불편하다
뭔가 넣어두었으면 좋겠는데
너덜너덜한 생각 거두고 싶은데

심플 젠틀 모던 이런 단어들이 지나간다

내가, 호주머니 되어보기로 한다
호수의 거추장스러운 손들을
모두 한번 거두어주기로 한다

갑자기 호수가 사라진다

거기에 맡겨본다
윤동주 시구 하나
노자의 역성(易性)
장자의 제물론(齊物論)

누가 내게 쪽배를 띄운다

수국

삐약삐약 꼬꼬꼬

소리 들리는 숲

그 숲의 푸르륵후르륵하는 색깔로

돌아가

쪼그리고 앉아

어릴 적 누나 그 누나 동생의

창백한 얼굴 마주하고 싶음이여

새벽길 워낭 소리 몰고 가고 싶음이여

반딧불이에 시그마를 붙일 때

깜박깜박하는 자, 난해하구나

수학 공식처럼

낯선 곳에 와 풀고 있는 너의 수열

함수관계가 허공에 쓰인다

또박또박 징검다리 놓으며 극한에 닿으니

풀벌레 울음도 달빛으로 수렴한다

거기, 네 다스리는 국가가 있고

법과 변방도 평화롭구나

그래, 이런 평화의 무한대 발산이란 어디까지를 포함해야 하느냐

지금 저 별들에 시그마를 붙이고 있는 자는

생각 띄엄띄엄 낳아 진동하게 하니

허공이 난해하지 않게 깜박이는구나

사랑의 해(解)도 새롭게 구해지는구나

적요한 풍경

이런 곳에서 조선백자 하나를 만난다는 것은 순전히 행운

백자에는 한옥 다섯 채와 허물어진 돌담 길, 팽나무 한 그루를 동네 한가운데 앉혔다

마을 앞 개울도 한옥 뒤란의 대숲을 통째로 빼앗아 흐른다 그래도 그 집들은 그걸 돌려달라고 주장하지 않는다 싸운 다음에야 확인할 수 있는 평화, 개울물도 저희들끼리 부딪히고 엉켜 싸울지라도 넘어진 것들을 일으켜 세워 아랫마을로 향한다

갑자기 장끼 한 마리가 논두렁 위로 날아간다 백자가 파삭 깨져버린다 깨지는 순간은 언제나 처연하다 아니 찬연하다 누구의 눈부셨던 시절도 나타나 어리둥절해 한다

그런 풍경을 다독거리기나 하려는 듯 남정네와 아

낙이 소를 몰고 느릿느릿 간다

깨진 백자도 황소 울음소리에 아물어 한 번 더 깊
어진다

거대한 포옹

익숙한 포옹 끌어와 살펴본다
익숙한 포옹은 낯선 포옹 끌어안고 둥글게 숨고
그 포옹에 넌 나쁜 놈이야 하는 말로 가득 차 있고

거기 한번 들어가본다
안에
어제 퇴근한 사무실, 아침에 들른 아이들 방
이들이 모두 있다
평소처럼 자기 일에 몰두하며
알은체해도 쳐다보지 않는다
저희들끼리만 웃고 말하며 나를 외면한다
아무리 너희 팀원이야 네 아버지야 해도 소용없다

여기에서 난 잠시 의식을 잃는다
어디론가 실려가 실컷 두들겨 맞고 내동댕이쳐진다
눈떠보니
누가 어루만지고 있다

한계령 안개가

산 정상에서부터 바위, 넝쿨, 전망대에 선 내 옆구
리까지 어루만져주고 있다

안개가

내 사무실 팀원이고 우리 집 아버지였다

그동안 난

누구도 제대로 덮어주고 껴안아준 적 없었다

계곡 민박 개집까지 안개가 내려가고 있다

상자 안에 갇혀

딸기들을 생각한다 잘 익어 향기로운 딸기

그 딸기들 향기 따라가보면
미니스커트 입은 여자들이 앉아 있다
팔과 다리 드러난 피부가 토실토실하고
잘 익은 것들 쪼그리고 앉아 있으니 위태롭고

한 여자를 깨물어본다 그 여자 되레 나를 물고
놓아주지 않는다 머릿수건 눈에 질끈 동여매주며
나보고 무엇을 털어놓으라 한다
안타까움을 꺼내 손바닥 위에 올려놓아본다
네 개의 안타까움이 손바닥에서 풍선처럼 날아오
르고
그 안에 갇힌 남자들이 각각 다른 방향을 쳐다보고
있다
안타까움도 얼굴이 있고 서로 싫어하는 모양이다

안타까움끼리 부딪혀본다

아, 안타까움은 안타까움끼리 부딪혀 서로 빛난다
구슬처럼 더 영롱해진다
그러다가 어느 순간 가시가 돋는다
성게처럼 가시만 가득 빛난다

어떤 위태로움을 거정한다
상자에 갇힌 빨간 미니스커트 여자들이 궁금하다

바다의 난동은 일단 수용해보자

바다가 난동을 피우고 있다
허나 바다 난동을 보아줄 이
아무도 없고, 나뭇가지만 바람에 크게 시달리고
난동은 더 큰 난동을 불러오고

작은 난동까지 합세하고 있는 것 보니
거의 폭동 수준이다 바다가 모두 난동에 참가했다
는 게 두렵다
이런 현장에서 내가 배워야 할 일은
나도 난동에 참가해보거나
아니면 난동을 너그러이 수용해보는 것

ㅡ그래, 알았다 알아
둘째 너는, 이제 예비군복 입고 힙합 댄스를 등나
무가 되도록 배워도 괜찮고
첫째 너는, 이공계 진학 공부를 예체능계로 바꿔
철봉에 오래 매달려도 된다
너희들 주장이 오늘 격렬한 것 보니

우리 집 내일은
이제 청명하고 조용하겠구나
돌아오라, 너희들 주장에 내 많이 흔들렸으니
거친 주장 재워 잔잔한 물결로 오라

바다 난동은
찻잔에선 수습되고 격포 절벽에선 더 심해지고

고천암호 가창오리 떼 가창오리 떼

날아오르는 가창오리 떼는 욕망이다

일시에 일어났다가 일시에 가라앉는다, 마치 성욕처럼 가창오리의 군무란 그런 욕망의 발기이며 이동이며 사라짐이다 일어날 땐 장엄하고 화려하지만 수그러질 땐 한없이 초라하고 허망하다 여기에서 욕망이라는 이 추상명사도 철새 떼라는 자못 구체적인 이름을 갖는다 어두운 갈대숲에 보이지 않게 깃들어야하고 모르는 사람이 다가오면 깜짝 놀라야 한다 놀라지 않으려면 자세 더 낮추고 어두운 숲에 형체를 은밀히 숨겨야 한다, 성욕보다 더 고상한 형상으로

숨겨진 욕망, 욕망이 너무 은밀히 숨겨져 있으면시기하는 사람들이 있다 욕망에 총질하는 자들도 생기게 된다 위험하다 싶으면 급히 부풀어 올라 이동해야 하고 다른 욕망과 섞이면서 더 크게 또는 더 작게군무를 이루어야 한다 이는 남의 눈에 더 효과적으로적응해보려는 또 다른 욕망이다 욕망도 낯선 욕망과

너무 자주 섞이다 보면 병이 된다 병은 전염성 강하
고 치사율이 높아 일시에 떼죽음을 부른다 그러지 않
기 위해서도 욕망은 순수하고 품위가 있어야 한다

　그래, 품위 있는 욕망이란 해 질 무렵 눈 내리는 풍
경을 수놓는 저 가창오리의 군무다 나의 소망이다

하이힐 하이힐

우울하면 명동으로 오세요
신데렐라 만화 보고 있으면 즐거워져요

여러 골목에서 나오는 왕자와 공주 스토리들
저기 만화는 너무 반들거리는군요
장정이 에나멜 칠인 것 보면
왕자가 바람둥이인가 봐요
물결무늬도 자극적이어서 친구가 좋아할 내용이
에요

여기 커피숍으론 라푼젤 만화와 그레텔 동화가 들
어오고 있네요
그레텔 동화는 싫군요
난해해 보이고, 다가가려 해도 내가 헨젤풍이 아니
에요
아버지는 또각또각 행진 소리 담겨 있는 무협지를
좋아했고
어머닌 해당화 삽화에 어울리는 대중소설을 구해

오랬지만

　나는 저 라푼젤 만화를 끼고 KTX 타고 싶군요

　부산역에 내려 해운대로 가려고요

　라푼젤 만화를 동백섬에서 넘기면 환상적이니까요

　옆 좌석 만화는 만화책 너머 다른 만화를 보고 있
네요

　가게 주인을 침 발라 넘기고 있어요

　일간신문으로 여겼나 봐요

　그는 분위기 있는 수상록이다라고 속 페이지 보여
줘도

　깔깔깔 웃으며 계속 흉만 보고 있어요

　금요일 저녁 거리는 온통 신간 서적들뿐

　창밖에서 가장 인기 있는 것 역시 만화책이군요 생
동감이 스타킹 같아요

　따분하다고요? 그럼 지금 바로 명동으로 나오세요

지독(舐犢)

어머니가 보내온 감 상자는 한 바퀴 빙 돈 테이프를 억세게 뜯어내도 어머니이고 상자 속 상자를 살짝 열어봐도 어머니입니다.

깨질세라 다칠세라 앉힌 것들, 너는 야무지니까 엎드려 성을 좀 돕고, 넌 뚱뚱해 넘어지면 큰일 나니깐 가운데 앉고, 넌 또 구석으로 가…… 꿇린 무릎 사이사이 낀 종이 안대까지도 모두 어머니 말씀. 말씀이란 때론 어머니 위에 있는 경우가 있고 어머니 곁에 있는 경우도 있지만 어머니 밑에 있는 말씀이 더 빛나고 가지런합니다. 이럴 땐 말씀이 아니고 너이고 나이고 있는 그대로 윤나는 정성입니다.

말씀 들으며 먼 골목 방황하고 있는데, 뒷줄 모서리 뾰족한 모습으로 서 있는 녀석이 '형 나야, 나 준이야' 합니다. 녀석을 입술에 갖다 대니 못, 장도리 가지러 연장 창고를 왔다 갔다 한 숨찬 볼이 있고, 벌집 따러 나무에 오르려다 떨어져 다친 상처의 딱지도 있습니다. 6살 때 멀리 떠난 동생이 형에게 인사하러 여기까지 쪼그려 앉아 온 모양입니다. 딱지가 우리 집의 어떤 내력 같아 포동포동한 놈들만 골라 옆집에 보냈습니다.

　돌아온 쟁반에는 무엇이 반들반들, 시골에 홀로 남은 어머니가 큰아들에게 보내온 세발낙지였습니다. 옆집 어머니는 아직까지 득량만 개펄 바닥을 기어다니고 있는 모양입니다. 그러고 보니 우리 집 감들과 데쳐온 낙지 머리가 반들반들 닮아 있습니다. 그렇습니다. 저 반들반들한 것들, 반들반들한 모습으로 빛나는 것들, 반들반들 빛난다는 것은 어미 소 혀의 어떤 보살핌이 곡진하게 숨어 있다는 뜻이겠지요. 나의 앞길이라는 말씀이겠죠.

술친구

함부로 터뜨리는 불평 아닐지라도 금요일 밤 네 건네는 잔은 버드나무집 아줌마다. 인사 없이 허락 없이 내 손잡고 아무렇게나 강요한다.

목요일 낮부터 건네는 네 술은 가을 하늘이다. 내 청명한 정신 일찍부터 휘청거리게 하고 내 앞 서성이는 것들의 높이와 깊이를 추구하게 한다. 아가씨들 다리는 왜 술을 닮았는가, 또각또각 그 구두 소리 왜 잔에 따라지지 않는가, 이런 식이 아닌 여기 창밖 뜰은 왜 진도 쌍계사 국화 밭을 존경하지 않는가, 여기 안주는 왜 운림산방 이장 집 동생이 부쳐주는 전만큼 아슬하게 매달린 홍시가 없는가 하는 궁금증으로 가을 하늘 아래를 방황하게 한다.

너는 금요일부터 가고 나는 토요일에야 가지만 주중 내내 방황하다 영원히 가버린 사람을 생각한다. 그는 호프집과 담배 연기와 음악을 사랑하다 갔지만 흐려지는 의식을 일으키고 허물어진 담을 쌓는 말을

남겼다. 네가 아무리 아니라고 우겨도 너는 그가 남
긴 시간대를 배경으로 너이고 내 친구이다. 친구는
그만큼 가버린 친구가 진실하고 소중한 술친구인 것
이다.

　목요일 낮부터 토요일 밤까지, 넌 그토록 많은 술
을 건넸지만 한 잔도 건네지 않은 모습으로도 내 앞
을 지나 밖으로 나간다. 그리하여 네가 건네는 술은
빈 잔이다. 빈 잔이 아니더라도 중금속 든 잔이다. 우
리 집을 망가뜨리고 나를 멍들게 한다. 그걸 알아챈
후 나는 버드나무집을 거절한다. 너에 밑줄 친 달력
을 거절한다. 일주일 내내 거절한다. 그러다가 결국,
내가 먼저 빈 잔이 되어 나의 거절도 거절해버린다.
가버린 친구와 더불어 남아 있는 친구가, 강력한 거
절도 거절하기 좋은 술친구이기 때문이다.

동백꽃

대밭에 이는 풍랑이니 어디 수평선이 있겠어요

수평선 없으니 기다리던 배 소식도 어떻게 기대하
겠어요

북풍에 시달리던 상처

눈 위에 툭툭 떨구는 수밖에

그러면 원인과 결과도 저렇게 부화해오겠지요

나는 어디를 뒤돌아보며 꽹과릴 두드리겠습니다

메꽃

잡혀갔다고 우길지 모르겠지만
나에게는 붙잡히지 않은 병사가
보인다. 표지판 반대로 돌려놓은
적군 행로를 감시한 연락병이
군화 양말 위로 번진 핏자국
뻗어나간 언덕에 앉아
어릴 적 공격 대원들을 생각한다.
사선 속에서도 끝까지 임무 완수한
저 땅벌 쏘인 부위들
내 어린 열망들은 아직 복무 중이다.

홍매화

여운만 남은 기관총 소리다
낡은 군복 입은 언덕
짓밟히고 부러지고 퇴각한 흔적들 위에서
기쁜 전황 알리고 싶은 급한 호흡들

네가 그렇게 다가온 적 있다
나도 그런 괴로움 있었다

오늘은 두 눈으로 소곤소곤
귓속말로는 벙글벙글
생동감 감춰져 있는 경구들 말줄임표처럼
할 말을 뒤에 숨겨두자
낯선 관념들은 모자를 씌워두자

어느새 팔다리 머릿속에도
무엇이 다닥다닥 옮아 붙는다

뽕밭 보릿대에서 발견한 저 딱정벌레들

등 뒤로 쏟아지는 샤워기의 냉온 물방울들
견디기 힘든 밤에 눈뜨는 이 욕망 욕망들

목련의 고통

하숙집 앞집 뒤란은 언제나 신비한 것들이 널려 있
곤 했다

세수하다 건너다보는데, 그때 핀 목련은 끙끙 소리
가 났다

담임 선생님 받아넘기는 정구공이 담벼락 위를 넘
고 있었고

친구 반 선생님 공은 네트를 넘지 못해 그 아래로
떨어졌다

연립주택 연통 곁에 핀 목련을, 골목 돌아 나오는
여학생

교복 칼라에서 보고, 그것도 정구공이라 빡빡 우긴
적 있다

몸살로, 며칠을 출근하지 못하고 겨우 회복해 창틈
으로 본

뜰의 목련은, A4 복사 용지를 수없이 낭비하다 들

키곤 했다

　안녕, 오랜만이야 담벼락들 네트들 복사기들 하며 정구공들이
　운동시켜오는데, 오늘 난 창백한 가슴만 말아 쥐고 이렇게 끙끙

도라지

누가 내게 이 지상 가장 빠른 색을 들어보라 한다면 청보라색을 들리라 상상하며 산기슭에 쪼그리고 앉아 있는데 그 사이로 어느 종소리 찾아와 그보다 더 빠른 색 있는데 그건 비명이란다. 저기 절벽 위아래 사이에 얼굴 내밀어보면 그 색을 볼 수 있을 거란다.

비명은 어떻게 말해야 하는 색이냐 이야기이냐 하는 질문을 그 절벽으로 번갈아 떨어뜨리며 산길 가고 있는데 스님 한 분이 나타나 그것은 또 기쁨과 절망을 왔다 갔다 하는 하늘로 사라지기도 하고 그러지 않는 낭떠러지로 숨기도 하는 지역의 도라지 꽃밭이란다. 그런 평화 그을 수 있는 얼굴이 있다면 바로 그 뒷모습이란다.

문주란

할머니, 하고 불렀다. 오냐, 하는 목소리가 들려왔
다. 그 목소리 하도 그윽하여 오냐 오냐 오냐 오냐 하
며 한 만년 시간 속으로 사라지는 듯 안 사라지는 듯
꺼져가는 의식에 뿌리가 생기고 잎이 돋아

어느 섬에 피어 그 섬 오가는 뱃머리와 하늘에 머
물렀다가 갯바위 위에서 어릴 적 나를 어루만지다가
노을 곁으로 지팡이 짚으며 사라지듯 안 사라지듯 오
냐 오냐 오냐 하며 가는

초승달

저렇게 예쁜 가슴

본 적이 없어요

눈 지그시 감는다

'희'란 여자가

커튼 사이로 숨는다

라일락 향도 뿌렸다

여 초저녁

남해 파라다이스 명상록에서 향기롭겠다

설리 폐선

남해 바닷가에 낯선 지우개 하나 있네요
내 올 때마다 이 지우개
무얼 하나씩 지워주며 깊어만 가고

눈길 먼 수평선이 가져가고
술어럼 덕 괴는 마을
이름 하나도 가물가물 졸고 있고

지우개란 이럴 때 자기 위해
갈매기 향기롭게 띄우는 것이겠지요
바다도 누가 던지는 조약돌
얌얌 하는 표정으로 받아먹다가
저렇게 퍼렇게 멍드는 것이겠고

참, 저 지우개 건망증보다 더 아름다운 병이 깊군요

아지랑이

그동안 참 많이 방황하였구나 지평선에서
그때마다 중심 잡아준 게 저 하늘이었고
오늘 거기에 누굴 초대하고 싶으니

지평선이란
어딘가 그렇게 문지르고 있을 때
누군가 내어주는 아득히 먼 곳
그 하늘 아래 긋는 비행운 거기에
준이 식구들 모두 저 언덕이 업어갔대
목소리 들릴 때
내 울어야 하는 사연

뉘 그런 비행운 그어줄 사람 없을까
있다면 거기에 내 숨었다 나타났다 하면서
지평선을 이보다 더 명랑하게 띄워줄 수 있을 텐데

쓰르라미 소리

구두끈 추스르다

문득 먼 데 본다

쓰라렸던 날들

무릎 깨지던 날들

저렇게 무성하고 무성했거늘

두통 두통 두통 어느 편두통

아스피린은 또 어디서 구하나

스산하고 스산한 동네

더 어둡기 전에 집 나섰겠네

아랫마을로 이어진 이 수로 따라

청자상감운학문매병(靑瓷象嵌雲鶴文梅瓶)

저 병의 학을 타고
올라가보면 알리라
배를 띄워보면

부상하지 않으면 너의 불량이고
흔들리지 않으면 나의 불량이다
칠량 대구의 하늘이니
더 이상 돌아가 안길 고향도 없고나

친구여, 우리 모두 그런 기슭으로 한번 올라가보자
청자란 얼마나 깊은 남도의 하늘이고
상감이란 또 얼마나 외로운 강진의 들길이더냐
눈 감으면 산, 또 산
재 넘으면 골짜기마다 자욱한 가마 연기

이제 나는 몇 도의 환원염으로
저 사당리 대숲에 이는 풍랑을 반영해볼 것인가
품을 이야기는 양각인가, 음각인가

정수사에 들러 도공들 위패를 쓰다듬고
봉대산 위에서 내려다본 마량항

비색이란
여기 바다와 함께 깊은 목청 다듬어온
강진만이 건네는 귓속말이네
무명 도공 아낙들이 닦아 세운 푸른 밤이네

벼랑 위 소나무 내게 끌어들여

저 절벽은
저비용 고효율 홍보 전략이다
갈매기와의 제휴 마케팅

지금 나는 고급 메타포를 배우고 있다
좋은 메타포란 얼마나 높은 곳의 새알이며
잘못 놓으면 얼마나 위험한 낭떠러지냐
경영학에 메타포가 융합되니
섬은 정말 장엄하다 위태롭기까지 한
제스처가 숨어 있다

이쯤에서 해오라기 한 마리 괴춤에서 꺼내
머리 위에 올려놓고 움직이는 제스처로 서본다
허나 내 제스천 왜 이리 뭉툭한 호소력이냐
갈매기들도 못 본 체하며 날아가버린다
나의 해오라기는 한계생산체감물이구나

물질하는 가마우지 앞세워 새로운 자세를 닦아본다

바다가 더 깊게 다가오고
세상도 늦게까지 황홀한 메타포에 젖는다
저 가마우지는 한계생산체증물이구나

이제 나는 경제학까지 공부하며 꿈꾸고 또 꿈꾸어
본다
절벽이면서 절벽 아닌 것들과의 제휴 마케팅을

강진만

파도는 파도와 싸워
빛난다. 싸워 빛나지 않는 것들은
파도가 아니다. 손을 높이 들고
날 초대하지 않고 싸울 때
파도는 더 빛난다.

빛나는 것들은 빛나는 것들끼리
날카로운 것들은 날카로운 것들끼리
모이게 하자.
모아두면 서로 아무것도 아닌 것들끼리.

절벽 앞에서 거품도 뿜게 하자.
큰 거품이 작은 거품을 깔고 앉지만
작은 거품이 큰 거품을 삼켜버릴 때
박수를 치자 파랗게
삼삼칠 리듬을 해변으로 보내보자.

파도에게 박수 쳐본 사람은 동의하리라.

큰 거품이란 거품이 없는 거품이 진짜 큰 거품이고
파도란 싸우지 않고 전진하는 게 진짜 큰 파도라는
것을.
절벽과 마주 앉아 한잔 크게 나누어보지 않으면 잘
모르리라.

보라, 저기 강진만 바다를
싸우지 않고 어깨동무하고 가는 것들을
모두가 역동이요 생산성이다.
쉬는 사람 없는 취업률 100% 사회다.
파도 위 갈매기는 출장 가는 군청 문화관광과장이고
물질하는 가마우지는 우리 회사 보일러실 기술 주
임이다.

자, 돛을 올려라 칠량 전망대에서
저 강진만 바다를 형님! 형님! 하고 불러보자.

11월 보리암

저 하늘

이윤 추구가
너무 심하다

저희들끼리
물물교환하느라
분주하다

쌀쌀맞다

내 소망을 말해도 외면한 표정
뜻밖에 나는 외톨박이가 된다

그렇게 날 찾아왔던 이
이제는 이 세상에 없다

저 멀리

줄지어

아프게

떠나가고 있는 것들이 보인다

각혈의 기침들이 뒤돌아보고 있다

호수에서 추억을 빼다 보니

호수가 오리 염주 굴리고
딱따구리가 목탁 치는
여긴 어느 나라 적멸보궁?
산 바위도 가부좌 틀고 앉아 있는
저 물 위 안개는?

네 없음으로 인해
이 안타깝고 안타까운 평화
비오리 가족들의 아름다운 행진
괜히 아려오는 물, 그리고 그 숲의 맑고 깊은 고요
그들에 대한 그들 서로의 적막함
이들과 상관없어 어딘가로 괴어오는 고통 한 웅덩이

쑥부쟁이 꽃들 그런 웅덩이에서 나를
골똘히…… 이상히…… 쳐다보고 있어

무너지고 무너지고 또 무너짐이여
캄캄한 세상 모든 것들이여
굴리다 마는 염주, 떨어지는 상수리여

풀벌레 소리

어푸어푸 이 강물
수심 1킬로 정돈 되겠다
빠지면 살아올 길 없는 사무친 옛
부유하는 것들 명상해보아 소름 돋는다

낯선 소름 위로도 달이 풍덩 밝다
강물 수—슈—샤—솨 더 깊어지고

이제 돌아갈 일이 걱정
진짜 걱정은
배 구했지만 노 저을 힘없어
누구한테 매고 하루 더 묵을지 걱정
기우뚱거려 잠을 쉬 이룰지가 더 걱정

못질을 배워볼까 다림질을 해볼까

봄밤

경석아, 빨리 학교 가자

내가 그 창을 뒤로하고 있으면
우산 높이 들고 곰이 찾아오고
청개구리가 달팽이에게로 마중 나가고
나뭇잎 타고 Roca란 말도 찾아오고

내가 그 창 외면하고 있으면
원숭이가 커튼 뒤에 숨어 엿보고
인형이 천장에 위태롭게 매달려 있고
그 천장 뚫고 빗방울이 떨어지고

우산 접어들고 내가
그 창에 등 기대고 있으면
수많은 빗방울들 풍선처럼 부풀어
날 에워싸오고
별들이 빗방울 속에 숨어 빛나고
그중 가장 무거운 빗방울 하나

여섯 개의 별로 내 상부만 들어 올려
허공에 띄우고

이 모든 것
그 빗방울 뒤에 숨어 우는 개구리 입에서 출발하고

종달새

저 털실 뭉텅이
다 풀릴 때까지
보리밭만 시끄럽겠다

털실이
공중에서 빙글빙글 도니
언덕 위가 어지럽고
나도 눈이 감긴다

꿈속에서
둥그렇게 풀리는 털실이란
어릴 적 소녀 김정순
그녀가 건네는 귓속말
우산 속 포옹, 포옹 속의 간지럼

이제 털실이 물레에서처럼
한곳에 고정되어 풀린다
바쁘게 젓가락질하며

지구도 털실 뭉텅이에 묶여

대롱대다가

살료달라 씨방씨방 살료달라 씨방씨방 한다

남해 유자 주무르면

향기로운 시간 속으로
누가 올 것만 같다
벌써 오고 있다
아름다운 사람이 와
담벼락을 돌아갔다

그러자 그 자리
환한 전등이 내어 걸린다
깔깔깔 웃음소리 굴러 나오고

웃음에 얻어맞은 난
파란 멍이 만져진다

내 멍도 그 사람 따라
담벼락 위로 올라갔으면 좋겠다
나무에 주렁주렁 매달려 있다가
불빛에 익었으면 좋겠다

그런데 누가 그걸 또 주무르고 있나
소곤거리는 소리, 홍얼홍얼하는 소리

누구세요?
들어오세요

딸기밭 상상

너무 급한 물살이다
휘말릴 것만 같아 숨이 가빠오고
피부에도 무엇이 오소소 돋을 것만 같다
이런 물가는 아이들에겐 매우 위험하겠고
건너려면 구명조끼라도 꺼내 입어야 하겠다

여기에서 너를 만난다
내 친구를 파괴한 그녀도
그녀 원래 냉정한 성격이었으나
한쪽으로 과격하게 돌아눕게 되었다지
가족에게 다혈질의 한쪽 얼굴이 되었다지
그러곤 그 얼굴 여러 장의 잎으로 가리고 다녔다지

여기에서 나는 또 붉은 펜을 든다
펜에게 모든 것 빼앗기고 지붕으로 올라가
급한 물살에서도 하얀 배 드러내고 있는 것들,
저것들을 흰빰검둥오리들이라고 생각한다
물살엔 결코 떠내려가지 않을 저 빈둥거리는 것들

이들의 발이 나와 급류를 무시해오는 것도
이들에 대해 더 이상 펜 들지 못하고 있는 것은
내가 빈둥거리는 것들에게 한쪽 엉덩이 물리고 있
기 때문이라 여긴다

이쯤에서 너의 어둠도 겹친다
지붕에는 분홍 깃발이 펄럭인다
나는 지금 참 위험한 구름을 흘리고 있다

앵강만 일출

파도가 내게 들어와
꽉 조인 나사를 하나씩 빼내기 시작한다
빼서 멀리 던져버리고 구석마다 기름을 칠해준다
생각도 잘 돌아가 난 금세 명랑해지고

고맙다고
앵강만 한번 쓰다듬어본다
밤늦게까지 민박 집에서 함께 놀다가
새벽녘 다랑논에 나가
모내기하는 앵강만을
데려와 씻겨 벗겨 눕혀본다
그러면 곧 거친 숨 몰아쉬고
뒤척뒤척하다가
날 음탕하게 깨워놓기도 하고
철부덕철부덕하는 소리들 창밖에다 쌓기도 하고

혼자 감당할 수 없어
아침 일찍 앵강만에게

내 친구 한 명을 더 소개시켜주겠다고 약속해본다
그랬더니 그녀가 얼굴을 갑자기 붉혀온다
그녀 부끄러움으로
바다도, 다랭이마을도 먼 훗날까지 행복해지고

기러기들 달 속으로 들어갈 때

외등 켜진 동지 대문이 열리고 있다
그 집 더 큰 대문 소리가 나고, 한 사람
사랑방에서 눈물 훔치면서 쇠죽 끓이고
또 한 사람 고구마 깎아 쥐덫 준비하고
그 여동생 마른걸레 적시려 샘가를 찾고
모퉁이 헛간에선 염소 울음 구슬프게 태어나고
그 집 어머닌 또 설거지물을 구정물 통에 붓고

뚫린 구멍으로 나는 그 정경 꺼내 포개보면서
충돌이란 때론 아름답구나 생각하며 골목에 기대어
달 속으로 들어간 기러기들 수레와 눈발 끌고 나올
때까지
누굴 못 잊게 하는 줄은 저렇게 'ㄱ'자이어야 하
는 것이고

참외

그녀 오선지에
높은음자리표가 있었다

높은음자리표는 줄 여럿 거느리고 향기로웠다

거기에 곡 붙이고 음정 신다가
하모니카처럼 망가지기도 했다

잊었지만 그 높은음자리표
풍동이란 이름과 함께 존재했다
아주 어릴 적부터

심호흡 심호흡으로
눈 감는 이 뭉클뭉클함이여
싸고도는 음악의 달콤함이여

좌판에 쌓인 홍옥은

위험해 위험해
혼자 웅얼거리다가

그중 제일 위태로운 것
엉덩이에서
청색 팬티 하나 골라 입고
운동장 한가운데로 가 엎드린다
엎드려 친구의 고것을
가랑이 사이로 만진다
만지다가 훑어버린다
그러면 텀블링 탑은
함성과 함께 무너지고
하늘은 오색 종이로 흩어지고

그런 운동회가 있는 주막집 옆 과일 가게의
다시 만나 소중한 우정이다
포개고 또 포개어야 뜨거워질 얼굴이다

메타포 경제학
──숭고와 유머와 무위의 미학

오 형 엽

　김영남의 시 세계는『정동진역』(민음사, 1998)에서 출
발하여『모슬포 사랑』(문학동네, 2001)을 거쳐『푸른 밤의
여로』(문학과지성사, 2006)에 이르기까지 끊임없이 낯선
곳을 향해 항해해왔다. '정동진'에서 '모슬포'를 거쳐 '정남
진(장흥)'에 이르는 여정은 발랄하고 경쾌한 아이러니와
풍자의 세계에서 아름답고 향기로운 사랑에 대한 동경을
통과하여 고향과 유년에 대한 그리움으로 전개되는 시적
탐구의 여정이기도 하다. 이처럼 다채로운 변모를 보여주
는 도정의 시인 김영남의 시 세계에서 변하지 않고 지속되
어온 핵심적 원리는 무엇일까?
　필자는 그것이 시적 원리나 기법으로서 '서정성'과 '지성
적 변용'이라는 양극을 한자리에 충돌·융합·조화시키는 독
특한 상상력에 있다고 생각한다. 김영남 시 세계의 근저에

는 '서정'이 자리 잡고 있는데, 시인의 지적 상상력은 이 서정의 신비를 휘감고 있는 베일을 자유자재로 건너뛰며 비약하거나 도약한다. 서정성을 대변하는 이미지인 '달'과 '여자'와 '향기'가 고향에 대한 그리움, 이성에 대한 사랑, 원초적 욕망 등을 드러낸다면, 지적 변용을 대변하는 기법인 '위트' '아이러니' '풍자와 해학' 등은 그리움과 사랑, 욕망을 분석하고 조직하고 가공하여 다른 구성물로 변형시킨다. 따라서 김영남 시 세계의 숨은 비밀을 감지하기 위해서는 '서정'과 '지적 변용'을 충돌·융합·조화시키는 독특한 상상력이 어떤 방식으로 형상화되는지 구체적으로 살펴볼 필요가 있다. 이 고찰 방법 중의 하나는 시작 원리나 기법을 암시하는 작품을 분석하여 그 비밀을 엿보는 방식이 있으며, 또 하나는 '지적 변용'의 코드를 분해하여 그 내부에 숨어 있는 '서정성'의 본질을 파악하는 방식이 있을 수 있겠다. 우선 시작 원리나 기법을 암시하는 작품을 분석해보자. ´

　　저 호수, 호주머니가 없다
　　불편하다
　　뭔가 넣어두었으면 좋겠는데
　　너덜너덜한 생각 거두고 싶은데

　　심플 젠틀 모던 이런 단어들이 지나간다

내가, 호주머니 되어보기로 한다

호수의 거추장스런 손들을

모두 한번 거두어주기로 한다

갑자기 호수가 사라진다

거기에 맡겨본다

윤동주 시구 하나

노자의 역성(易性)

장자의 제물론(齊物論)

누가 내게 쪽배를 띄운다

——「가을 파로호」 전문

　　비유의 비약과 문맥 사이의 여백이 가지는 간극으로 인
해 김영남 시의 의미를 온전히 파악하기는 쉽지 않다. 다
만 시적 비유의 구조와 흐름을 분석하면서 그 비밀에 접근
해보기로 하자. 화자는 가을철 춘천의 파로호를 방문하여
호수를 바라보고 있다. 1연의 "호수"에서 "호주머니"로 진
행되는 연상은 비유의 통념을 이탈하여 비약하는 듯하다.
우리는 "호주머니"를 일단 호수의 호주머니라고 간주해볼
수 있다. "너덜너덜한 생각 거두고 싶"다는 표현을 참고하

면, 화자는 호수를 보면서 어떤 상념을 지우고 싶어 하는데, 따라서 "호수"가 상념을 넣어두는 "호주머니"가 되면 좋겠다는 희망을 표현한 것으로 이해되기 때문이다. 2연의 "심플 젠틀 모던"이라는 단어들은 화자가 가을 파로호를 보면서 느끼는 감각이기도 하고, 화자의 상념이기도 할 것이다. 이 단어들은 "너덜너덜한 생각"과도 상응하므로, 화자는 이런 개념들을 부정적으로 사유하고 있는 듯하다.

"저 호수, 호주머니가 없다"로 시작되는 1연이 시적 대상인 '호수(자연)'의 상태를 주관적으로 묘사한다면, "내가, 호주머니 되어보기로 한다"로 시작되는 3연은 시적 화자인 '나(주체)'로 좀더 주관성이 강한 비유를 구사한다. 김영남은 자신의 핵심 기법인 메타포를 관점과 강도의 차별성을 가지고 이질적인 방식으로 구사하는데, 그 전체적인 구도는 '대상에 대한 메타포'에서 '주체에 대한 메타포'로 전개되면서 주관성의 강도를 점층시키는 듯이 보인다. 다시 말하면, '서정'을 토대로 '지적 변용'의 강도를 강화해나가는 시상 전개를 보여주는 것이다. 이럴 때 주체는 대상에 동화되거나 흡수되는 것이 아니라 자신을 능동적으로 대상에 투사하거나 대상을 수용한다.

따라서 "갑자기 호수가 사라"지는 3연의 초현실적인 묘사를 거쳐서 5연에 이르면, "거두고 싶은" "너덜너덜한 생각"이나 "심플 젠틀 모던"이라는 단어 대신에 화자가 호수에 맡겨보고 싶은 세 가지 단어를 제시한다. "윤동주 시

구 하나/노자의 역성(易性)/장자의 제물론(齊物論)"은 시
인이 시적 메타포를 통해 궁극적으로 제시하고자 하는 전
형적 대상이 아닐까. 그렇다면 우리는 김영남이 "심플 젠
틀 모던"한 상태를 진부한 것으로 간주하고, "윤동주의
시"와 같이 깊은 울림을 동반하는 서정시, "노자의 역성"
과 같이 근원적 이법(理法)을 담는 물과 같은 시, "장자의
제물론"과 같이 현실적 차별과 대립을 초월하는 평화의 시
를 추구한다는 점을 짐작할 수 있다. 「가을 파로호」가 김
영남의 메타포 전개 방식과 궁극적으로 추구하는 시적 주
제를 암시한다면, 다음의 시는 메타포의 방법론과 효과에
내해 암시석으로 서술한나.

　　저 절벽은
　　저비용 고효율 홍보 전략이다
　　갈매기와의 제휴 마케팅

　　지금 나는 고급 메타포를 배우고 있다
　　좋은 메타포란 얼마나 높은 곳의 새알이며
　　잘못 놓으면 얼마나 위험한 낭떠러지냐
　　경영학에 메타포가 융합되니
　　섬은 정말 장엄하다 위태롭기까지 한
　　제스처가 숨어 있다

〔……〕

이제 나는 경제학까지 공부하며 꿈꾸고 또 꿈꾸어본다
절벽이면서 절벽 아닌 것들과의 제휴 마케팅을
———「벼랑 위 소나무 내게 끌어들여」 부분

　시인은 "절벽"을 "저비용 고효율 홍보 전략"으로 간주하
고 갈매기와는 "제휴 마케팅"을 하면서 "메타포"를 구사한
다. 그에게 "메타포"의 좋고 나쁨은 경영학의 원리에 의해
좌우된다. 더 나아가 그는 "경제학까지" 접목시켜 "절벽
이면서 절벽 아닌 것들과의 제휴 마케팅"을 꿈꾼다. 이처
럼 "경영학에 메타포가 융합"되고 "경제학까지 공부하며
꿈꾸"는 김영남의 메타포 전략을 우리는 '메타포 경영학'
혹은 '메타포 경제학'라고 명명할 수 있을 것이다. 이 메타
포 전략의 특성은 제목인 「벼랑 위 소나무 내게 끌어들여」
의 "끌어들여"라는 동사에 잘 나타난다. 언어의 경영학
적·경제학적 효율성을 추구하는 김영남의 메타포는 시적
대상을 자기중심적인 상상력의 연상 체계로 흡수하여 비약
적이고 도발적인 효과를 산출하는 것이다.
　김영남 시의 메타포 경제학은 앞서 언급한 시적 원리나
기법으로서 '서정'과 '지적 변용'을 충돌·융합·조화시키는
방법론을 통해 구현될 뿐만 아니라, 미학적 특성으로서
'숭고'와 '유머'를, 시적 내용으로서 생에 대한 '비극적 환

멸'과 '낙관적 긍정'을 충돌·융합·조화시키는 방법론을 통해서도 구현된다. 이 점을 염두에 두면서 김영남 시 세계를 고찰하는 두번째 방법으로서 '지적 변용'의 코드를 분해하여 그 내부에 숨어 있는 '서정성'의 본질을 파악하는 방식을 살펴보기로 하자.

저렇게 예쁜 가슴

본 적이 없어요

눈 지그시 감는다

'희'란 여자가

커튼 사이로 숨는다

라일락 향도 뿌렸다

여 초저녁

남해 파라다이스 명상록에서 향기롭겠다
———「초승달」전문

화자는 "초승달"을 보며 "예쁜 가슴"을 떠올린다. '달' 과 '여자'를 동일시하는 것은 서정시의 낯익은 방식이지만, "눈 지그시 감는" 상상력의 작동을 거친 후 등장하는 "'희' 란 여자"는 오히려 통상적인 서정시의 아우라를 깨뜨리는 작용을 하는 것처럼 여겨진다. 고유명사의 개별성이 서정 성이 지닌 보편성에 일상적 현실성을 다소 충격적으로 개입 시키기 때문이다. 그런데 다음 연 "커튼 사이로 숨는다"에 서 이 현실성은 다시 은폐된다. 그래서 '커튼'은 서정성의 신비와 아우라를 보장해주는 요소인 동시에, 서정성을 지 적으로 변용하는 장치로도 작용한다. "라일락 향"도 여자 의 신비로움을 강조하는 요소이지만, "뿌렸다"라는 화자 의 능동적 행위가 개입된다. 그리고 마지막 연의 "남해 파 라다이스 명상록"도 "'희'란 여자"와 마찬가지로 개별적 경 험이 낳은 어떤 상징체인 듯이 보인다.

결국 이 시는 자연물(초승달)을 관찰하며 서정성(예쁜 가슴)을 발견하지만, 상상력의 도약(눈 감음)을 통해 현실 성('희'란 여자)을 개입시키는 동시에 이것과 서정성(라일 락 향)을 충돌시키며 교차시키는 양상을 보여준다. 여기서 우리는 김영남 시의 형상화 방식을 압축적으로 보여주는 "커튼"을 다시 주목할 필요가 있다. "커튼"은 '서정성'과 '지적 변용'이라는 김영남 시의 두 가지 시적 특성을 동시 에 구현하는 장치이기 때문이다. 김영남의 시에서 "커튼" 은 종종 "창"의 이미지로 나타나기도 한다.

하숙집 앞집 뒤란은 언제나 신비한 것들이 널려 있곤 했다
세수하다 건너다보는데, 그때 핀 목련은 끙끙 소리가 났다

담임 선생님 받아넘기는 정구공이 담벼락 위를 넘고 있었고
친구 반 선생님 공은 네트를 넘지 못해 그 아래로 떨어졌다

연립주택 연통 곁에 핀 목련을, 골목 돌아 나오는 여학생
교복 칼라에서 보고, 그것을 정구공이라 빡빡 우긴 적 있다

봄살도, 겨실을 출는하시 놋하고 겨우 회복해 장틈으로 몬
뜰의 목련은, A4 복사 용지를 수없이 낭비하다 들키곤 했다

안녕, 오랜만이야 담벼락들 네트들 복사기들 하며 정구공
들이
  운동시켜오는데, 오늘 난 창백한 가슴만 말아 쥐고 이렇
게 끙끙

                              ——「목련의 고통」 전문

이 시도 상상력의 경쾌하고 발랄한 도약으로 인해 서정
적 신비성과 일상적 현실성이 혼합되어 시적 밀도를 얻고
있다. 1~3연은 과거의 상황이고, 4~5연은 최근 혹은 현
재의 상황을 보여준다. "하숙집 앞집 뒤란"을 배경으로 전

개되는 과거의 상황은 학생 시절에 대한 기억인데, "신비한 것들"을 대변하는 "목련"에서 "꿍꿍 소리가 났다"는 것은 엉뚱하기도 하고 도발적이기도 한 발상이다. 이 특이한 상황의 의미를 파악하기 위해서는 2연과 3연을 세밀히 뜯어 읽어야 한다. "담임 선생님 받아넘기는 정구공"과 "친구 반 선생님 공"은 무엇을 의미할까? 그리고 "담벼락 위를 넘"는 것과 "네트를 넘지 못"하는 것은 무엇을 의미할까?

여러 가지 해석이 가능하겠지만, "목련을, 골목 돌아 나오는 여학생/교복 칼라에서 보고, 그것을 정구공이라 빡빡 우"기는 3연의 다분히 돌발적인 표현과 상호 연관시켜 해석해볼 수밖에 없다. "여학생/교복 칼라"는 "목련"과도 연결되고 "정구공"과도 연결되는 매개체이다. "여학생/교복 칼라"는 "목련"과 함께 그 색채가 가진 순결성과 산뜻함, 그 속성이 지닌 발랄함을 암시하는 한편, "정구공"과 함께 그 속성이 가진 역동성과 추월성도 암시하는 듯하다. "담벼락" "네트"가 한계상황 혹은 금지를 암시한다면, "목련"과 "여학생/교복 칼라"와 "정구공"을 연관시키는 메타포는 정결하고 발랄한 특성을 가진 "여학생"이 어떤 한계상황 혹은 금지를 넘어서는 것을 의미한다고 볼 수 있다. 그래서 이 학생 시절의 신비한 경험은 순결한 대상이 어떤 금기를 넘어서는 것을 목격하는 데서 오는 충격이라고 볼 수 있지 않을까. 우리는 이런 미학을 '에로티시즘'이라고 부를 수 있다. 김영남 시의 가장 핵심적인 미학은 순수한 대상이 금기를 넘어설 때 생겨나는 에로티시즘에 있다. 앞서 김영남 시의 '메타포 경제학'이 시적 원리나 기법으로서 '서정'과 '지적 변용'을, 미학적 특성으로서 '숭고'와 '유머'를, 시적 내용으로서 생에 대한 '비극적 환멸'과 '낙관적 긍정'을 충돌·융합·조화시키는 방법론을 통해 구현된다고 언급했는데, 이 세 가지 차원이 상호 교차하고 침투하는 중심점에 놓여 있는 내밀한 핵심이 바로 에로티시즘이라고 볼 수 있다.

4연의 "몸살로, 며칠을 출근하지 못하고 겨우 회복해 창틈으로 본/뜨락 목련"은 학생 시절의 충격적 경험인 에로티시즘을 재발견하는 계기를 마련해주고, 이어서 "A4 복사 용지를 수없이 낭비하다 들키곤 했다"는 문장은 신비와 고통이 혼재된 그 "목련"의 경험을 재현하기 위해 노력했다는 의미로 해석해볼 수 있다. 여기서 "창틈"의 이미지는 화자와 '목련' 사이의 단절과 거리를 전제하기도 하고, 그 거리를 엿봄의 시선으로 좁히며 다가서는 개방과 교섭의 통로를 열어주기도 한다. 어쩌면 김영남의 시 세계는 '창틈'으로 '시선'을 개입시켜 신비롭고 고통스러운 체험의 근원에 도달하려는 노력이라고 정의될 수 있을지도 모른다. 이런 "창"의 이미지는 「봄밤」에서 좀더 전면적으로 나타난다.

경석아, 빨리 학교 가자

내가 그 창을 뒤로하고 있으면
우산 높이 들고 곰이 찾아오고
청개구리가 달팽이에게 마중 나가고
나뭇잎 타고 Roca란 말도 찾아오고

내가 그 창 외면하고 있으면
원숭이가 커튼 뒤에 숨어 엿보고
인형이 천장에 위태롭게 매달려 있고
그 천정 뚫고 빗방울이 떨어지고

우산 접어들고 내가
그 창에 등 기대고 있으면
수많은 빗방울들 풍선처럼 부풀어
날 에워싸오고
별들이 빗방울 속에 숨어 빛나고
그중 가장 무거운 빗방울 하나
여섯 개의 별로 내 상부만 들어 올려
허공에 띄우고

이 모든 것
그 빗방울 뒤에 숨어 우는 개구리 입에서 출발하고
───「봄밤」전문

94

1연인 "경석아, 빨리 학교 가자"는 이 시가 과거의 학생 시절을 추억하고 있음을 알려준다. 2연과 3연과 4연은 각각 "그 창"을 대면하는 화자의 태도 차이에 의해 구분되고 있다. 여기서 "창"은 과거와 현재의 경계이며, 현재의 화자가 과거의 화자를 바라보는 시선을 함축한다. 2연은 화자가 과거를 등 뒤에 두는 태도를 보여준다. 이것은 수동적인 태도이지만 마주 보는 능동적 태도에서 크게 벗어나지 않는다. 이때 찾아오는 것은 "곰"과 "달팽이"와 "Roca"이고 마중 나가는 것은 "청개구리"이다. "우산"과 "나뭇잎"은 찾아오는 것들이 '비'와 '자연'을 매개로 화자가 추억하는 대상들임을 암시하고 있다. 3연은 화자가 과거를 외면하고 얼굴을 돌리는 태도를 보여준다. 이때 등장하는 "원숭이"와 "인형"은 "커튼 뒤에 숨어 엿보"거나 "천장에 위태롭게 매달려 있"듯 화자와 은폐·엿봄·불화 등의 관계를 가진다. 이처럼 화자가 과거를 외면할 때 과거는 왜곡되고 기형적인 모습으로 화자에게 다가온다. 여기서 빗방울의 강도는 2연보다 강해져 "천정 뚫고 빗방울이 떨어지고", 4연에 이르면 더욱 강화된다. 4연은 화자가 과거를 전면적으로 받아들이는 태도를 보여준다. "수많은 빗방울들"이 화자를 에워싸고 그 속에 "별들"이 숨어 빛나는 상황은 과거와의 친화를 보여준다.

　6연은, 과거를 등 뒤에 두는 태도와 외면하는 태도와 친

화력을 발휘하는 태도가 모두 "빗방울"의 '물기'와 "개구리입"의 '소리'로부터 파생된 연상의 효과임을 말하고 있다. 이처럼 '물기'와 '소리'를 중심으로 펼쳐지는 추억의 회로는 김영남 시의 근저에 자리 잡고 있는 서정성의 중요한 한 영역을 이루는 듯이 보인다. 김영남 시의 개성적 영역은 이 서정성을 관습적이고 통념적인 방식으로 형상화하기보다는 돌발적이고 도약적인 비유를 통해 변용시키는 지적 장치에 있으며, 그 결과 그의 시는 강한 긴장과 함축과 비약의 묘미를 갖게 된다.

여운만 남은 기관총 소리다
낡은 군복 입은 언덕
짓밟히고 부러지고 퇴각한 흔적들 위에서
기쁜 전황 알리고 싶은 급한 호흡들

네가 그렇게 다가온 적 있다
나도 그런 괴로움 있었다

그러나 오늘 두 눈으로 소곤소곤
귓속말로는 벙글벙글
생동감 감춰져 있는 경구들 말줄임표처럼
할 말을 뒤에 숨겨두자
낯선 관념들은 모자를 씌워두자

어느새 팔다리 머릿속에도
무엇이 다닥다닥 옮아 붙는다

뽕밭 보릿대에서 발견한 저 딱정벌레들
등 뒤로 쏟아지는 샤워기의 저 냉온 물방울들
견디기 힘든 밤의 눈뜨는 저 욕망 욕망들

—「홍매화」전문

　화자는 홍매화 가지를 꺾어 들고 그것이 연상시키는 이
미지를 통해 상상력의 비상을 시도한다. 1연에서 "홍매
화"를 "기관총 소리"와 "급한 호흡"으로 비유하는 것은 급박
한 전쟁 상황에서 기쁜 소식을 알리는 것과 연관된다. 이
비유법은 시각을 청각으로 전환시키는 동시에 뜻밖의 상황
을 돌출시키는 데서 오는 긴장미와 압축의 묘미를 보여준
다. 2연은 이 상황을 다시 '나'와 '너'의 관계로 치환시킴으
로써 도약한다. "네가 그렇게 다가온 적 있다"와 "나도 그
런 괴로움이 있었다" 사이에도 모종의 비약이 숨어 있다.
다시 말해, 화자는 홍매화를 전쟁 상황에서의 기쁜 정황에
비유하고, 이것을 다시 '나'에게 전율로 다가온 '너'의 모
습으로 전환시키는 것이다.
　3연은 괴로움을 동반하는 이 전율을 "말줄임표처럼/할
말을 뒤에 숨겨두"는 침묵의 미학으로 제시한다. 그런데

"낯선 관념들은 모자를 씌워두자"는 말은 무슨 의미일까? "두 눈으로 소곤소곤/귓속말로는 벙글벙글"하는 "생동감" 있는 경험을 "경구들"로 표현하는 것이 "낯선 관념들"이라고 할 수 있다. 그러므로 경구나 관념으로 표현하기 힘든 생생한 체험의 경지는 5연에서 제시되는 객관적 상관물들이 대신하고 있다. "뽕밭 보릿대에서 발견한 저 딱정벌레들"과 "샤워기의 저 냉온 물방울들"은 돌출하며 충돌하는 상상력의 강렬한 에너지를 느끼게 한다. 독자들의 이해를 돕기 위해 서술한 "견디기 힘든 밤의 눈뜨는 저 욕망 욕망들"에서 '욕망들'은 이 시가 표현하려 한 대상인 에로티시즘의 숨 가쁜 호흡을 드러내고 있다.

이제 김영남 시의 '메타포 경제학'이 미학적 특성으로서 '숭고'와 '유머'를, 시적 내용으로서 생에 대한 '비극적 환멸'과 '낙관적 긍정'을 충돌·융합·조화시키는 방법론을 통해 구현되는 차원에 초점을 맞춰보기로 하자. 이번 시집의 시 세계를 함축하고 있는 「앵두가 뒹굴면」을 살펴보자.

잎 뒤 숨어있는 사연들

일러바칠 곳 없는 동네

우물가 집 뒤란의 누나 방에

굴러다니는 피임약이여, 그걸

영양제로 주워 먹고 건강한 오늘날이여
                    ──「앵두가 뒹굴면」전문

　한 행이 한 연을 이루는 이 시는 비유의 비약성, 여백 사이의 간극, 은유와 환유의 혼용 등으로 인해 시적 밀도가 대단히 높다. 이 시적 압축을 풀어보면 김영남 시의 숨은 비밀을 엿볼 수 있을지도 모른다. "잎 뒤 숨어 있는 사연들"과 "일러바칠 곳 없는 동네"는 베일 뒤에 숨어 있는 비밀스런 사연을 은폐하듯 노출시키는데, 이 사연은 3연의 "우물가 집 뒤란의 누나 방"으로 수렴된다. 일단 "누나"가 순수와 순결의 상징으로서 화자가 근접할 수 없는 동경의 대상이자 금기의 대상이라면, "우물"은 여기에 여성성과 그 심연의 신비를 보충하고 "뒤란"은 그 은밀한 비밀의 장소를 보충한다.

　1~3연이 서정성을 담보한다면, 4연은 "굴러다니는 피임약"에 의해 돌발적이고 비약적으로 현실성 혹은 외설성이 폭로되는데, 중요한 것은 이 도발적인 비약의 과정에 순수와 순결을 상실하는 데서 오는 고통과 환멸이 숨겨져 있다는 점이다. 동경의 대상이 훼손되는 데서 오는 상실감 혹은 고뇌는 금기를 위반하는 데서 오는 이율배반의 긴장과 충돌인 에로티시즘을 동반한다. 우리는 이 차원을 '숭

고의 미학'과 관련시켜볼 수 있다. 그런데 시인은 "그걸/영양제로 주워 먹고 건강한 오늘날"이라고 표현함으로써 이 '숭고의 미학'을 즉시 '유머의 미학'으로 치환시킨다. 이 과정에는 고통과 환멸을 위트와 아이러니와 패러독스로 반전시키는 역동적인 지적 변용이 개입되어 있다. 여기서 우리는 '에로티시즘'이라는 중핵을 둘러싸고 '숭고의 미학'과 '유머의 미학'이라는 상반되는 차원을 충돌시켜 찰나적으로 두 겹의 메타포를 생성시키는 '메타포 경제학'을 발견할 수 있다. 다시 말해, 이 시는 "뒤란"을 경계로 전반부에 은폐의 기법을 보여주고 후반부에 노출의 기법을 보여줌으로써 '숭고'와 '유머'가 교차하며 혼용되는 이중의 메타포를 구사하는 것이다. 그리고 이런 '메타포 경제학'은 시적 내용으로서 생에 대한 '비극적 환멸'과 '낙관적 긍정'을 충돌·융합·조화시키는 방법론으로도 작용한다.

이 시에서 이중의 메타포 전략은 기본적으로 "앵두"—"누나"—"피임약"—"영양제"—"건강"으로 이어지는 명사들의 연쇄를 통해 제시된다. 이 단어들은 '은유'와 '환유'를 혼용하는 독특한 수사학적 특성을 가지는데, 그 연상의 비약성과 돌발성이 강해서 이미지의 지적 변용뿐만 아니라 무의식적 전위의 속성까지 내포하고 있다. 이 차원은 김영남 시가 지닌 새로운 시적 가능성의 한 영역으로 자리 잡게 될 것으로 보인다. 한편 이중의 메타포 전략을 결정적으로 드러내고 있는 시어는 "주워 먹고"라는 동사이다. 연

상의 효과로 제시되는 "앵두"—"누나"—"피임약"—"영양
제"—"건강"은 각 항목이 전위될 때마다 도약적이고 도발
적인 메타포의 충격을 독자에게 던져주지만, 가장 큰 충격
은 "피임약"—"영양제"의 전위에서 주어지고, 이 전위를
견인하는 시어가 바로 "주워 먹고"라는 동사이기 때문이
다. 이 동사는 이번 시집에서 앞서 분석한 "끌어들여"(「벼
랑 위 소나무 내게 끌어들여」)뿐만 아니라, "모두 한번 거
두어주기로 한다"(「가을 파로호」), "그 정중함 무엇이 훔
쳐 간다"(「수련」), "지금 저 별들에 시그마를 붙이고 있는
자는"(「반딧불이에 시그마를 붙일 때」) 등에서 등장하며 김
영남 시 특유의 메타포 경제학을 견인한다.

   김영남 시의 '메타포 경제학'과 관련하여 더 논의할 부
분이 있다. 김영남 시 세계의 근저에 서정의 원리로서 순
수와 순결에 대한 상실감, 혹은 동경의 대상이 훼손되는
데서 오는 고통과 환멸이 자리 잡고 있는 양상과, 이 '숭
고의 미학'이 위트와 아이러니와 패러독스라는 지적 변용
을 통해 '유머의 미학'으로 전이된 이후에 '무위(無爲)의
미학'이라는 새로운 시적 차원으로 전개되는 양상을 살펴
보기로 하자.

   (1) 저 배, 내 앞

       닻을 내린 저 흰 배

       나는 싣지 않고 떠나가것지요

바다이고

만조의 바다인데

나에게는 썰렁한 바닥과 철조망뿐

배 들고 있는 것

왜 나는 몰랐을까

물때를 또 어디에 두고 있었을까

눈 감아 모두 뱃놀인데

꿈에 흐를 듯 저 배

그대 공주 싣고 북쪽 항구로 떠나가겠지요

자주색, 뉘 어릴 적 꿈도 망가뜨려놓고 가겠지요

————「목련」 전문

(2) 배고파 기다리는 것이나

그리워서 기다리는 것이나

모두 빈 항아리이겠지요

그런 항아리로

마을 내려다보이는 바위에 올라앉아보는구려

바위 위에는 노을이라도 머물러야 빈 곳이 넘칠 수 있

나니

　나도 바위 곁에 홍안의 아이나 데리고 앉아 있으면 내
그리움도 채워질 수 있을까요

　목탁 소리 목탁 소리 목탁 소리

　어디선가 빈 곳을 깨웠다 재웠다 하는

　무덤 토닥이며 그윽해지는 소리

　　　　　　　　　　　　　　　　——「동자꽃」 전문

　(1)과 (2)는 김영남 시 세계의 뿌리가 서정성에 있음을
잘 보여준다. 동경하는 대상을 상실하는 좌절로 인해 슬픔
의 세계에 사로잡히는 상황은 두 시의 공통점이지만, (1)
에서 꿈이 깨어지고 소외에 빠지는 원초적 상실을 묘사함
으로써 '숭고의 미학'을 제시하는 반면, (2)는 이 '숭고의
미학'을 위트와 아이러니와 패러독스 등을 통해 '유머의 미
학'으로 반전시킨 이후 시인이 추구하는 '비움'의 세계를 묘
사한다는 점에서 상반된다.
　(1)에서 화자는 "목련"의 메타포로서 "흰 배"를 제시하
고, 다시 그것을 "바다"의 메타포로 전위시킨다. "목련"—
"흰 배"—"바다"—"북쪽 항구"로 이어지는 연쇄적 메타포는
'은유'와 '환유'를 자유자재로 혼용하면서 "목련"이라는 원
관념을 동경의 대상인 순수와 순결이라는 최초의 의미에서
정박·충만·놀이·떠나감 등의 의미로 이동시킨다. "나"—

"바다"—"철조망"은 이 메타포 연쇄의 대립 항으로서, 배가 들어오고 정박한 후 공주를 싣고 떠나는 상황을 속수무책으로 바라보기만 하는 화자의 좌절과 상실감을 표현한다. 결국 이 시는 목련이 흰빛으로 피었다가 자주색으로 퇴색하는 과정을 "그대 공주 싣고 북쪽 항구로" "나는 싣지 않고 떠나가"는 상황적 메타포로 치환함으로써, 시인이 겪은 원초적 상실감을 표현하고 있다. "이 세상 애증은/ 저 꽃밭에서부터 출발한 것이고/내 사춘긴 그 소녀 자전거에서 내린 것//소녀가 다시 자전거에 오른다/아이들도 다시 울기 시작한다"(「튤립」)에서도 보듯, "어릴 적 꿈"의 좌절이 순수한 사랑의 상실에서 연유한다는 점에서, 우리는 김영남을 순정의 시인이라고 부를 수 있을 것이다.

(2)에서 화자는 "동자꽃"의 메타포로서 "빈 항아리"를 제시한 후, 다시 "나"를 "빈 항아리"로 치환하여 중첩시키는 이중의 메타포를 구사한다. "동자꽃"—"빈 항아리"—"나"라는 메타포 중첩은 (1)의 대립 구도와는 달리 삼위일체의 메타포 경제학으로서 동일성에 근거한 서정시의 원리를 구현하고 있다. 그리고 "동자꽃"—"빈 항아리"—"나"—"목탁"—"빈 곳"—"무덤"으로 이어지는 '은유'와 '환유'의 구사를 통해 "동자꽃"이라는 원관념을 배고픔과 그리움이라는 최초의 의미에서 비움·채움·위로·보살핌·평화 등의 의미로 이동시킨다. "배고파 기다리"고 "그리워서 기다리는 것"이 본래적 속성인 점에서, 이 "빈 항아리"는

(1)과 유사하게 슬픔과 공허의 세계를 근간으로 하지만, "빈 곳이 넘칠 수 있"고 "목탁 소리"가 "빈 곳을 깨웠다 재웠다 하"며 "무덤"을 "토닥이며 그윽해"진다는 점에서, 슬픔과 공허의 세계를 초월하는 '비움'과 '무위'의 상상력을 통해 채움·위로·보살핌·평화 등의 의미를 배태한다. "그런 풍경을 다독거리기나 하려는 듯 남정네와 아낙이 소를 몰고 느릿느릿 간다//깨진 백자도 황소 울음소리에 아물어 한 번 더 깊어진다"(「적요한 풍경」), "한계령 안개가/ 산 정상에서부터 바위, 넝쿨, 전망대에 선 내 옆구리까지 어루만져주고 있다"(「거대한 포옹」)에서도 보듯, '비움'을 통해 채움과 보살핌을 지향하는 '무위의 미학'은 앞서 논의한 '숭고의 미학' 및 '유머의 미학'과 더불어 이후 김영남의 시 세계를 이끌어 나갈 새로운 가능성이 될 것으로 보인다. 앞으로 우리는 순정의 시인이자 유머의 시인인 김영남이 깊고 넓은 무위의 시인으로도 활약하는 모습을 지켜보게 될지도 모른다. ▨